Tan

LUCIE A DES SOUCIS

pour mes 10ans

Vacances de France

par mamie et papie.

Hx

Vous aimez les livres de la série

Ballerine

Écrivez-nous pour nous faire partager votre enthousiasme :

Pocket Jeunesse - 12, avenue d'Italie - 75013 Paris

Ballerine

Lucie a des soucis

Antonia BARBER

Traduit de l'anglais par
Vanessa Rubio

POCKET
jeunesse

Titre original :
In a Spin

Publié pour la première fois en 2000
par Puffin Books Ltd.

Loi n° 49-956 du 16 juillet 1949 sur les publications
destinées à la jeunesse : janvier 2003.

ISBN 2-266-12763-2

Tutus et pointes te font rêver ?
Comme Lucie et ses amies,
enfile justaucorps et chaussons,
pour faire tes premiers pas de danse.
Deviens une…

Ballerine

1

Une rencontre inattendue

Ce samedi matin, Lucie Lambert suivait sa mère dans les allées du marché en traînant les pieds. D'habitude, elle adorait se balader entre les stands colorés. Mais aujourd'hui, c'était différent. Son amie Emma n'était pas là. Tout ça à cause de sa grand-mère ! Depuis que Mamie Browne avait failli perdre son

argent en épousant un escroc, M. et Mme Browne s'inquiétaient pour elle. La vieille dame n'arrêtait pas de leur téléphoner en pleurnichant. Du coup, chaque week-end, ils lui rendaient visite à Worthing. Cette fois, ils avaient emmené Emma avec eux.

En plus, Jeremy était parti voir un match de football avec son grand-père. Lucie se retrouvait donc toute seule, sans ses deux meilleurs amis !

Ces sombres pensées en tête, elle promenait son petit frère Charlie dans sa poussette. Pour l'instant, il dormait. Un peu plus loin, sa mère, Jenny, achetait des fruits.

— Et si on prenait du raisin ? lui proposa-t-elle.

Lucie hésita. En effet, il avait l'air délicieux... mais cher ! Heureusement, depuis que sa mère avait trouvé un nouveau travail, les Lambert avaient un peu plus d'argent.

Finalement, Lucie se décida :

— Oui, prends-en.

Tandis que le marchand pesait le raisin, Lucie aperçut Paul Purvis entre deux étalages. Ces cheveux blonds, cet air sérieux, oui, c'était bien lui. Jeremy l'avait surnommé Paul Parfait... (il devait être un peu jaloux). Comme Lucie, les deux garçons fréquentaient l'école de danse de Mme Maple ; Paul, plus âgé, était au niveau supérieur. Très doué, il suivait même un cours supplémentaire par semaine à l'école du Royal Ballet.

— Maman, est-ce que tu pourrais t'occuper de Charlie cinq minutes, s'il te plaît ? Je voudrais regarder les bagues.

Jenny sourit.

— Bien sûr ! Vas-y, ma puce, mais ne t'éloigne pas trop.

Lucie fila vers le stand de bijoux. Ce qui l'intéressait surtout, c'est que de là elle pouvait espionner Paul sans être vue. Il était en train de fouiller dans la collection de B.D. du bouquiniste. Soudain, il releva la tête et l'aperçut.

« Zut ! », songea Lucie. Elle fit semblant de contempler un collier.

— Essayez-le, mademoiselle, l'encouragea la vendeuse.

Lucie secoua la tête en souriant.

— Oh, non, je ne peux pas me le payer.

— Ça ne coûte rien d'essayer. Tenez, voilà un miroir.

La femme lui attacha le collier autour du cou. Il était très beau, mais ce n'était pas du tout le style de Lucie.

— Regardez, c'est encore mieux avec les boucles d'oreilles assorties, insista la vendeuse.

Lucie n'était vraiment pas convaincue.

— Ça te va bien, dit alors une voix dans son dos.

Elle se retourna en sursautant.

C'était Paul !

Lucie ôta vite le collier, toute gênée. Jeremy ne lui aurait jamais fait un tel

compliment, il lui aurait plutôt lancé : « Tu t'es déguisée en sapin de Noël ? » ou quelque chose de ce genre.

— Tes amis ne sont pas là ? demanda Paul.

— Emma est chez sa grand-mère et Jeremy est allé voir un match de foot.

Paul hocha la tête. Comme un silence pesant s'installait, Lucie se dirigea vers le stand voisin. Et, incroyable, il la suivit ! Elle se baladait dans le marché avec Paul Purvis !

Lucie se creusa la tête pour trouver quelque chose d'intéressant à dire.

— Alors, tu prends toujours des cours à l'école du Royal Ballet ?

Il sourit.

— Oh ! oui. C'est génial !

— J'imagine. Comment as-tu fait pour y entrer ?

— Et si on allait boire un Coca ? Comme ça, je pourrai tout te raconter.

Lucie n'en croyait pas ses oreilles. Paul l'invitait à boire un Coca ! Quand Emma saurait ça !

« Surtout, reste calme », s'ordonna Lucie. Elle respira un grand coup et répondit d'un ton détaché :

— Pourquoi pas… ? Je vais prévenir ma mère.

Jenny était devant le stand du marchand d'olives, en train de discuter avec un homme que Lucie ne connaissait pas. La fillette tapota l'épaule de sa mère.

— Maman, je vais boire un Coca *Chez Sammy*… avec Paul Purvis.

Jenny jeta un coup d'œil au garçon qui se tenait un peu à l'écart.

— Il a participé au Défi-danse[1], c'est ça ?

— Oui, et il prend des cours à l'école du Royal Ballet. Il voudrait me raconter comment il y est entré.

— Je vois ! Bon, alors, file ! On se retrouve au salon de thé dans une demi-heure, d'accord ?

Tandis que Lucie s'éloignait en courant, elle entendit sa mère et l'inconnu rire ensemble.

1. Voir Ballerine t. 8 : *Haut les cœurs !*

2

Le secret de Paul

Quand ils arrivèrent *Chez Sammy*, la salle était bondée. Lucie et Paul furent obligés de s'asseoir près de l'entrée, derrière la vitre qui donnait sur la rue.

« Tout le monde va me voir avec Paul », se dit Lucie. Elle ne savait pas si elle devait s'en réjouir ou s'en inquiéter. Elle aurait bien aimé qu'Angela passe

juste à ce moment-là : comme cette peste avait un faible pour Paul, elle serait verte de jalousie. Le problème, c'est qu'elle le répéterait partout... et que ça reviendrait forcément aux oreilles de Jeremy.

Dès qu'ils furent installés à la table, Lucie demanda à Paul de lui parler du Royal Ballet. Au moins, elle pourrait se justifier auprès de Jeremy en disant qu'elle avait pris ces renseignements pour lui. Ça lui clouerait le bec.

Elle essaya de se concentrer sur ce que Paul lui disait. Impossible ! Elle l'imaginait dans le rôle du Prince de *La Belle au bois dormant*. Et, bien sûr, elle se voyait en princesse Aurore... ou alors, en train de danser *Roméo et Juliette*...

Soudain, elle s'aperçut que Paul avait cessé de parler.

— Euh… hum… et comment on obtient une audition au Royal Ballet ? bafouilla-t-elle.

— C'est le professeur de danse qui s'en occupe.

— Il faut le lui demander ?

— Non, il te le propose si tu as le niveau.

Lucie regrettait de ne pas s'être plus appliquée en cours. Peut-être que Mme Dennison ne la trouvait pas assez douée pour passer l'audition…

Paul reprit alors :

— Je vais bientôt présenter l'examen d'entrée à l'internat du Royal Ballet. Je compte aussi tenter d'autres écoles de

danse. De toute façon, j'irais n'importe où, pourvu que je puisse continuer à danser… et être interne.

— Tu veux aller en internat ? s'étonna Lucie.

C'était justement ce qui l'inquiétait : pour devenir danseuse professionnelle, elle devrait aller dans une école spéciale loin de sa mère, de Charlie et de tous ses amis.

— Je n'ai pas le choix, affirma Paul. Mon beau-père veut se débarrasser de moi.

Cette fois-ci, Lucie était carrément horrifiée.

— Ton beau-père ?

— Oui, mes parents sont divorcés. Et les tiens ?

— Non… mon père est mort.

— Désolé. En tout cas, j'espère pour toi que ta mère ne se remariera jamais !

La gorge de Lucie se serra. Elle repensa à l'homme avec qui sa mère discutait tout à l'heure. Qui était-ce ?

« Il ne faudra pas que j'oublie de poser la question à maman », songea la fillette.

— Mais pourquoi veut-il se débarrasser de toi ? demanda-t-elle, inquiète.

— Avec ma mère, ils ont eu un nouvel enfant, expliqua Paul d'un ton sinistre. Il a trois ans. Ralph, mon beau-père, n'arrête pas de répéter que son petit Bruce sera un homme, lui. Qu'il jouera au rugby, et tout et tout… enfin, bref, qu'il ne sera pas comme moi. Pour lui, la danse, c'est un truc de filles !

— Pourtant il te laisse prendre des cours…

— J'avais commencé la danse avant que mes parents divorcent. À l'époque, ma mère trouvait que c'était une bonne idée. Elle m'emmenait voir des ballets et m'accompagnait même à l'école Maple. Elle était toute fière que je réussisse si bien… et puis Ralph est arrivé. Maintenant, ils veulent me mettre en pension. C'est pour ça qu'il faut absolument que je sois accepté dans une école de danse, sinon je vais me retrouver dans un collège comme celui où Ralph est allé. Là-bas, il n'y a que des brutes qui jouent au rugby. Mon beau-père pense que ça me ferait le plus grand bien. Que « ça ferait de moi un homme, un vrai ».

Lucie se redressa, indignée.

— C'est affreux ! Il faut que tu fasses quelque chose. Est-ce que tu ne peux pas en parler à ton père ?

Paul soupira.

— Si, je pourrais, mais il travaille à l'étranger et ce n'est pas facile d'expliquer la situation par téléphone. C'est pour cette raison qu'il faut absolument que je réussisse à entrer dans une école de danse. Sinon, je ne sais pas ce que je deviendrai…

Juste à ce moment-là, deux copains de Jeremy passèrent devant *Chez Sammy*. En apercevant Lucie, ils s'arrêtèrent net et montrèrent Paul du doigt.

« Ne te retourne pas, Paul, ne te retourne surtout pas », pria Lucie en jetant

un regard noir aux garçons. Heureusement, perdu dans ses pensées, Paul fixait sa canette de Coca. Il ne remarqua pas les deux idiots qui repartaient en se tordant de rire.

Lucie soupira. Et voilà, ils allaient tout raconter à Jeremy ! Elle n'avait pas fini d'en entendre parler…

3

La dispute

— Tu sais tout, maintenant ! conclut Lucie. Ce n'est vraiment pas juste que Paul ait tous ces ennuis, il est tellement sympa !

Sa mère l'avait autorisée à dormir chez Emma. Comme elles avaient été séparées toute la journée, les deux fillettes avaient beaucoup de choses à

se dire ! Dès qu'elles avaient été tranquillement installées dans la chambre d'Emma, Lucie avait raconté à son amie l'histoire de Paul.

— C'est horrible ! s'exclama Emma. Son beau-père est un vrai monstre !

— Non, à mon avis, il n'est pas très malin, c'est tout. Il y a beaucoup d'hommes qui ne comprennent pas qu'un garçon puisse aimer la danse.

— C'est vrai, il y a même des filles qui réagissent comme ça, renchérit Emma. Tu te souviens de celles de ton école ? Elles ont bien rigolé quand elles ont su que Jeremy faisait de la danse classique !

— Oui. Sauf que Jeremy, lui, peut compter sur sa famille. Personne ne se moque de lui à la maison.

Si Lucie avait raconté à Emma la conversation qu'elle avait eue avec Paul, c'est que ce dernier l'y avait autorisée. Par contre, en sortant de *Chez Sammy*, il lui avait fait promettre de ne rien dire à Jeremy.

— Juré ! Je garderai le secret, avait promis Lucie.

— Mais tu peux en parler à ton autre amie, si tu veux…

— Emma ?

— Oui, c'est ça… Emma, avait-il confirmé en rougissant légèrement.

Lucie, se rappelant ce détail, affirma :

— Tu sais, j'ai l'impression qu'il t'aime bien.

— Tu crois ? répondit Emma avec une drôle de petite voix.

Lucie se redressa et regarda son amie droit dans les yeux.

— Et toi ? Tu es amoureuse ?

— Il est très gentil… Toi aussi, tu l'aimes bien, non ?

— Arrête, Emma. Je veux dire aimer vraiment, pas juste le trouver sympa ! Alors, il te plaît, oui ou non ?

— Je ne sais pas, je ne le connais pas assez, répondit prudemment son amie.

Lucie n'insista pas, même si la réponse d'Emma ne l'avait pas convaincue. Elle repensait à l'angoisse qui l'avait saisie tandis qu'elle discutait avec Paul : et si sa mère à elle se remariait ? Elle ne voulait même pas y penser, pas question ! Pourtant, la nuit, elle rêva qu'elle avait un affreux beau-père et se réveilla tout en sueur le dimanche matin.

L'après-midi, Emma et Lucie croisèrent Jeremy dans le parc. Alors qu'il arrivait à toute vitesse sur son vélo, Emma lui cria :

— Votre équipe a gagné ?

— Ouais, trois à deux, répondit-il en freinant de toutes ses forces. C'était génial !

Puis il se tourna vers Lucie :

— Alors, tu sors avec Paul Parfait, maintenant ?

— Je lui ai demandé comment il était entré au Royal Ballet. Je croyais que ça t'intéresserait...

— Moi, on m'a dit que vous vous teniez la main en vous regardant, les yeux dans les yeux...

— C'est faux ! se défendit Lucie. Ce sont tes copains qui ont inventé cette histoire débile ? Ce sont de sales menteurs !

— Oh, oh ! Si c'était vraiment faux, tu ne réagirais pas comme ça, remarqua Jeremy.

Lucie ne savait plus quoi faire. Non, Paul ne lui tenait pas la main : il avait gardé les yeux rivés sur sa canette de Coca tout le temps ! Mais si elle parlait de ça à Jeremy, elle serait obligée de le mettre au courant des ennuis de Paul… Et elle avait promis de garder le secret.

— De quoi d'autre avez-vous discuté ? interrogea encore Jeremy.

— Occupe-toi de tes affaires, répliqua-t-elle, furieuse.

— D'accord, d'accord, ne t'énerve pas...

— Je m'énerve parce que tu me poses des questions idiotes.

— J'ai compris, tu préfères les questions de M. Parfait. Mais je te préviens, il se sert de toi. Il a fait exprès de s'asseoir vers la porte pour que tout le monde vous voie ensemble !

Lucie aurait pu lui expliquer qu'il n'y avait pas d'autres tables libres, mais ça suffisait. Elle n'avait pas à se justifier. Si Jeremy était son ami, il devait avoir confiance en elle.

Elle répondit :

— Et toi, alors ? À l'anniversaire d'Angela, tu t'es bien servi d'elle pour impressionner tes copains [1].

Jeremy était tout gêné.

— Arrête, Lucie. Je n'ai pas envie de reparler de ça. On ne va pas se disputer encore à cause d'elle.

— Ah oui ? Pourtant tu veux bien qu'on se dispute à cause de Paul. Ça, ça ne te dérange pas. Eh bien, je me demande si on est amis, finalement.

Jeremy devint rouge de colère.

— Si tu le prends comme ça… tu as raison, on perd notre temps à discuter ensemble. Salut !

Et il partit en trombe sur son vélo.

1. Voir Ballerine t. 3 : *Une ennemie pour Lucie*.

Lucie n'en revenait pas. Elle ne voulait pas en arriver là ! Elle croyait que Jeremy allait s'excuser et qu'ils allaient faire la paix, comme d'habitude.

— Lucie ! soupira Emma en regardant le garçon s'éloigner.

— Quoi ?

Emma trouvait que son amie y était allée un peu fort, mais elle ne voulait pas chercher la bagarre. Elle se contenta de hausser les épaules.

— Non, rien…

4

Tout va mal!

— Les pieds un peu plus écartés, Lucie.

La fillette rectifia sa position.

— Le dos droit.

Jeremy se redressa.

— Le menton bien haut, Emma.

Emma releva le menton.

— Qu'est-ce qui se passe aujourd'hui,

les enfants ? Je sens bien que vous n'êtes pas concentrés.

Mme Dillon les faisait travailler dans le salon des Browne. Et elle avait raison : ils avaient l'esprit complètement ailleurs. Lucie et Jeremy ne se parlaient plus et Emma était tiraillée entre les deux.

— Le concours de fin d'année va bientôt arriver, leur rappela la vieille dame. Et je crois que c'est Angela qui va le remporter cette année si vous ne vous appliquez pas.

« Oh, non ! Pas question ! pensa Lucie. C'est moi qui vais gagner, cette fois-ci. »

L'année dernière, elle s'était fait mal au genou et c'était Jeremy qui avait eu

le prix. Angela, elle, l'avait raflé les deux années précédentes.

« Cette fois, c'est mon tour », décida-t-elle.

Et à présent, battre Jeremy la motivait encore plus.

Après l'entraînement, les trois amis passaient toujours la soirée ensemble à discuter ou à regarder une vidéo. Mais ce soir-là, Jeremy reprit ses affaires à peine le cours terminé.

— Merci, madame Dillon. Bonsoir.

— Ma mère nous a enregistré un ballet de danse contemporaine. Tu ne veux pas rester ? proposa Emma.

Il lui sourit.

— Non, merci. J'ai plein de choses à faire. Salut !

Et il partit sans dire au revoir à Lucie. Sans même la regarder.

Quand la porte se fut refermée, Mme Dillon fronça les sourcils.

— Ça ne va pas très fort entre vous, à ce que je vois.

— C'est de sa faute, répliqua Lucie d'un ton maussade.

— Allons, allons. Installez-vous devant la télévision, je vais vous faire un bon chocolat chaud. Ça va vous faire du bien.

« Ça va très bien, pensa Lucie. Tant pis si Jeremy ne me parle plus, je m'en fiche complètement. »

Cependant, lorsqu'elle se retrouva avec sa tasse fumante entre les mains, pelotonnée sur le canapé, elle se confia à la vieille dame. Enfin, pas tout à fait…

elle garda pour elle ce que Paul lui avait demandé de ne pas raconter. Elle avait promis !

— ... et Paul m'expliquait juste comment il avait fait pour être admis au Royal Ballet, mais les copains de Jeremy lui ont raconté qu'on se tenait la main, et tout ça... et il les a crus !

— Ah, la jalousie ! soupira Mme Dillon. Jeremy tient beaucoup à toi. Il craint sans doute que tu ne le laisses tomber.

— Il devrait me faire confiance, protesta Lucie.

— Donne-lui donc un peu de temps ! conseilla la vieille dame.

Elles commencèrent à regarder le ballet que Mme Browne avait enregistré. C'était plutôt bizarre. Le décor était en noir et blanc, la musique réduite à un simple roulement de tambour très lent. Les danseurs portaient des combinaisons bariolées et ils s'agitaient avec des mouvements saccadés.

— Mmmh… très intéressant, commenta Mme Dillon au bout de cinq minutes. Mais un peu ennuyeux, non ?

Elles stoppèrent la cassette et Lucie courut chercher celle de *Roméo et Juliette*, qu'elle avait eue pour Noël. Avec Emma, elles l'avaient déjà regardée des dizaines de fois, pourtant elles ne s'en lassaient pas. En plus, Jeremy n'était pas là pour se moquer d'elles parce qu'elles avaient toujours les larmes aux yeux à la fin.

Alors qu'elle s'apprêtait à partir, Mme Dillon leur dit :

— Bonne nuit, mes petites filles. Et à samedi, Lucie. Je viens garder ton petit frère Charlie.

Lucie fronça les sourcils.

— Maman ne m'a pas prévenue.

— Elle me l'a demandé ce soir seulement, expliqua Mme Dillon. Elle va au concert avec ce monsieur très bien – je ne connais pas son nom. C'est une bonne chose qu'elle sorte un peu.

Lucie paniqua. Sa mère lui cachait-elle quelque chose ? Qui était ce monsieur « très bien », d'abord ? Et s'il lui arrivait la même chose qu'à Paul ?

La gorge serrée, elle dit bonsoir à Emma et rentra chez elle le cœur lourd.

5

Un monsieur « très bien »

Jenny Lambert était assise devant son ordinateur. En voyant Lucie arriver, elle leva la tête et sourit.

— Alors, tu sors samedi soir ? la questionna brutalement sa fille. Tu ne me l'avais pas dit.

— Je n'ai pas eu le temps. Tu es partie si vite à ton cours avec Mme Dillon !

— Eh bien, me voilà !

— Ouh là ! Ce n'est pas la peine d'en faire toute une histoire, je vais juste à un concert.

— Avec un homme ! souligna Lucie d'un ton accusateur.

Sa mère se mit à rire.

— C'est ça qui te tracasse ? Mais c'est juste le professeur pour qui je travaille ! Allez, viens, je vais me préparer un thé ; tu veux boire quelque chose ?

Lucie fit non de la tête et suivit sa mère dans la cuisine.

Quand son thé fut prêt, Jenny s'assit sur un tabouret et reprit :

— Tu sais que je travaille pour un professeur qui enseigne la musique à l'université ?

— Mmmh…

— Eh bien, M. Templar – c'est son nom – est en train d'écrire un livre sur une compositrice. Elle est peu connue parce qu'elle est morte très jeune, mais elle a écrit de belles choses. L'un de ses morceaux va être joué lors d'un concert salle Purcell, samedi. M. Templar pense que ce serait bien que j'entende sa musique, puisque je l'aide dans ses recherches.

Cela semblait logique.

— Alors, c'est pour le travail ? demanda Lucie.

— Oui, c'est pour le travail, confirma sa mère.

— Et ce monsieur avec qui tu sors, c'est juste ton fameux professeur ?

— C'est ça.

Lucie réfléchit. Elle n'avait jamais rencontré ce professeur. Pourtant, elle se l'imaginait très bien. Il devait être plutôt vieux, chauve, avec de petites lunettes et peut-être même une barbe ! Son angoisse disparut.

— Bon, ça va, alors.

— Donc, j'ai le droit d'y aller ?

— Oui, bien sûr.

— Et j'ai la permission de minuit ?

Lucie se rendit compte que sa mère se moquait d'elle.

— Maman ! Ce n'est pas drôle !

— Parfois on pourrait se demander qui est la mère et qui est la fille…

— C'est toi la maman et tu es la meilleure ! s'exclama Lucie en la serrant dans ses bras.

Elles se turent un moment, puis Jenny remarqua :

— Jeremy est parti tôt ce soir.

— Il avait des choses à faire, répondit Lucie d'un ton boudeur.

— Vous vous êtes disputés ?

Lucie en avait gros sur le cœur. C'était trop dur de garder ça pour elle. Alors elle raconta tout à sa mère… même ce que Paul lui avait demandé de garder secret.

— C'est vraiment triste, commenta Jenny lorsqu'elle eut fini.

— Quoi ? Les problèmes de Paul ou l'histoire avec Jeremy ?

— Eh bien, je m'inquiète surtout pour Paul… Jeremy et toi, vous allez bientôt vous réconcilier, j'en suis sûre.

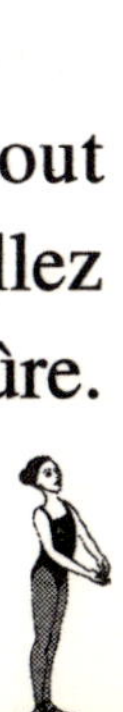

Lucie, elle, n'en était pas si certaine. Elle préféra éviter le sujet en parlant de Paul.

— Avec Emma, on voudrait l'aider. Il pourrait venir au cours de Mme Dillon... Comme ça, il aurait encore plus de chances de réussir l'audition.

— Bonne idée.

— Est-ce que tu accepterais d'en parler à Mme Dillon ?

— Pourquoi tu ne le lui demandes pas toi-même ?

— Je préfère que ce soit toi.

Jenny hocha la tête.

— D'accord, je lui proposerai.

Elle resta pensive quelques minutes.

— Tu m'as bien dit que ses parents ne l'emmenaient plus voir de ballets, c'est ça ?

— Pas depuis que sa mère s'est remariée. Sa vie a complètement changé, c'est un vrai cauchemar.

— Ah ! je comprends mieux maintenant ! s'exclama Jenny.

Lucie ne saisit pas bien ce que voulait dire sa mère. Mais Jenny poursuivit :

— J'ai discuté avec Mme Browne. On pensait vous emmener voir *Le Lac des cygnes*, Emma et toi.

— Super ! Et on pourrait proposer à Paul de venir avec nous, n'est-ce pas ?

— Oui, et à Jeremy aussi.

— Oh, je pense qu'il ne voudra pas venir.

— On pourrait lui demander quand même. Ce serait bien pour Paul d'avoir un copain qui fait aussi de la danse.

— Mmmh… oui, je suppose… fit Lucie.

Mais elle se disait surtout que ça lui ferait bizarre d'aller à un spectacle avec eux deux. Elle s'imaginait assise entre les deux garçons qui la surveillaient du coin de l'œil… et soudain, elle eut un fou rire.

— Ah, j'aime mieux ça. Je retrouve enfin ma Lucie ! s'exclama sa mère en l'embrassant.

6

Toutes jalouses de Lucie !

— Tu crois qu'elles sont au courant pour Paul et moi ? s'inquiéta Lucie.

— C'est sûr, affirma Emma. Je suis certaine que les garçons qui vous ont vus l'ont raconté à tout le monde… Pas seulement à Jeremy !

Sur le chemin du cours de danse de Mlle Maple, Lucie réfléchissait. Elle

était contente de faire un peu enrager les autres filles… surtout Angela. Même si, en réalité, il n'y avait pas vraiment de quoi les rendre jalouses.

— Tu sais, Emma, je pense que Paul t'aime plus que moi.

Son amie la regarda avec de grands yeux apeurés.

— Arrête, Lucie ! Tu ne vas rien raconter à personne, hein ? Sinon, les filles vont toutes m'embêter avec ça !

— Eh bien, merci ! C'est moi qu'elles vont embêter à ta place. Alors que c'est toi, la chérie de Paul !

— Qu'est-ce qu'on en sait, après tout ! Et puis toi, au moins, tu leur cloueras le bec, aux autres filles. Moi, je ne sais jamais quoi répondre !

Lucie lui passa un bras autour des épaules et promit :

— Ne t'en fais pas, je ne dirai rien.

Emma parut soulagée.

En fait, ça risquait d'être plutôt drôle, songeait Lucie. Et en plus, Paul ne serait pas là : il était plus âgé et n'avait pas cours le même soir qu'elles. Elle allait en profiter pour s'amuser un peu...

Lucie était à peine entrée dans les vestiaires que les filles se jetèrent sur elle.

— Alors, tu sors avec Paul Purvis ? demanda Sophie.

— Il est vraiment mignon, remarqua Vanessa.

Lucie ôta son sweat-shirt.

— Oui, il est pas mal…

— Angela était verte quand elle l'a su ! lui confia Paula.

C'était l'ancienne meilleure amie d'Angela, mais elles s'étaient disputées. Depuis, Paula lui en voulait beaucoup.

— Ah bon, répondit Lucie comme si elle n'en avait rien à faire.

Elle fouilla dans son sac pour en sortir son justaucorps et ses collants.

— Oh oui, si tu l'avais vue ! Je crois qu'elle a un petit faible pour Paul. Elle prétend qu'il a plus de classe que Jeremy.

Lucie se figea net. Elle était furieuse. « Quelle petite snob ! », pensa-t-elle. De quel droit Angela se permettait-elle de juger ses amis ? Sa gorge se serra : en fait, Jeremy n'était plus son ami, maintenant. Elle releva la tête, essayant de paraître calme.

— Tu parles ! Angela ne sait même pas ce que c'est d'avoir de la classe !

Toutes les filles se mirent à rire. Lucie était ravie : elles allaient sûrement répéter à Angela ce qu'elle avait dit. Bien fait pour elle !

— Les filles qui sont en cours avec Paul en étaient malades de jalousie, ajouta Sophie.

— Oh, les pauvres ! s'exclama Lucie, moqueuse.

Elle s'amusait vraiment.

— Alors tu peux aussi leur annoncer qu'on va voir *Le Lac des cygnes* avec lui.

Cette nouvelle fit l'effet d'une bombe. Les filles ne riaient plus, elles écarquillaient les yeux.

— Et il y aura aussi Jeremy, ajouta Emma d'une petite voix.

— Euh… oui, peut-être… balbutia Lucie.

— Eh, les filles ! Vous pourriez nous laisser quelques garçons ! protesta Vanessa. Ce n'est pas juste !

Soudain, Lucie se sentit affreusement mal. Elle avait fait la maligne… Paul préférait Emma et Jeremy ne lui parlait même plus ! Il n'y avait vraiment pas de quoi se vanter !

Triste et un peu honteuse, Lucie suivit les filles dans la salle de danse. Là, une mauvaise surprise l'attendait : Angela était dans un coin en train de discuter… avec Jeremy.

— On lui propose de venir voir *Le Lac des cygnes* avec nous ? demanda Emma.

— Vas-y sans moi. Mais attends qu'il soit seul.

Impossible d'approcher Jeremy avant la fin du cours ! Emma lui fit signe alors qu'il repartait chez lui à vélo. Il s'arrêta à sa hauteur, tandis que Lucie continuait à marcher. « S'il parle seulement à Emma et qu'il m'ignore, je ne le supporterai pas », songea-t-elle.

Quelques minutes plus tard, Jeremy la dépassa en vélo, sans lui jeter un regard.

— Lucie ! Attends-moi, lança Emma.

À son expression, Lucie sut qu'elle n'avait pas de bonnes nouvelles à lui annoncer.

— Il ne vient pas, soupira Emma. Il a un match de foot…

Elles rentrèrent à la maison en silence.

« Il a pris la première excuse venue, se dit Lucie. Il ne vient pas parce qu'il ne veut plus me voir ! »

Elle regrettait tellement d'avoir été boire ce Coca avec Paul Parfait !

7

Le Lac des cygnes

— Waouh ! s'exclama Lucie en découvrant son siège perché tout en haut de la salle.

La dernière fois que les filles étaient venues à l'opéra, c'était pour l'anniversaire d'Emma[1]. Elles avaient assisté à une représentation de *Casse-Noisette*

1. Voir Ballerine t. 2 : *Lucie, petit rat.*

depuis une loge privée. Cette fois, c'était différent. Elles étaient peut-être moins bien placées, mais elles avaient une vue plongeante sur la scène. Ça donnait presque le vertige !

— Oh, c'est beau ! murmura Emma. La scène paraît un peu petite vue d'ici, mais au moins, on peut admirer toute la salle !

— Je comprends pourquoi on appelle ça le paradis, enchaîna Lucie. C'est comme si on était dans le ciel et qu'on regardait en bas !

Paul, lui, ne disait rien. Il avait l'air un peu intimidé de se retrouver avec deux filles.

« Il faut qu'il soit à côté d'Emma », décida Lucie.

Alors que le garçon s'écartait pour les laisser passer, Lucie fonça s'installer dans le siège du fond. Comme ça, son amie était obligée de s'asseoir au milieu… à côté de Paul ! Lorsqu'elle comprit ce que Lucie faisait, Emma rougit. Et Paul aussi !

« Mission accomplie ! », se félicita Lucie.

Pourtant, elle était tout de même un peu triste de se retrouver toute seule au bout du rang. Elle aurait tant voulu que Jeremy soit là ! Heureusement, les lumières s'éteignirent, le rideau se leva et elle fut vite captivée par le spectacle.

C'était magnifique ! Les cygnes avaient des costumes superbes ! Comme d'habitude, elle essaya de s'imaginer dans le rôle principal. Paul serait le

Prince et ils danseraient tous les deux, en bas, sur la scène… Mais elle n'y arrivait pas. Elle dut se contenter de regarder le ballet en spectatrice, sans parvenir à se mettre dans la peau du personnage.

Elle repensait à Jeremy. « Il doit être vraiment en colère contre moi pour rater l'occasion de voir *Le Lac des cygnes*. Oh, là, là ! Et s'il ne voulait plus jamais me parler ? »

Tout à coup, la musique s'arrêta. C'était l'entracte ! Lucie réalisa avec stupeur qu'elle avait manqué une bonne partie du ballet.

« Je dois absolument trouver un moyen de me réconcilier avec Jeremy, décida-t-elle. Et s'il le faut, c'est moi qui lui demanderai pardon… »

8

Une idée de génie

Après le spectacle, les trois amis, accompagnés de Jenny Lambert, allèrent dîner dans un petit restaurant italien derrière le théâtre. Alors que Lucie grignotait sa pizza du bout des lèvres, Emma et Paul discutaient avec enthousiasme.

— C'était super ! s'exclama Paul. J'aimerais beaucoup tenir le rôle du Prince, un jour !

— Jeremy a vraiment eu tort de ne pas venir, remarqua Emma.

— Il ne pouvait pas manquer la demi-finale, expliqua Paul.

Lucie releva la tête.

— La demi-finale ?

— Tu sais bien que Jeremy est un super-fan de foot. Avec son grand-père, ils sont allés encourager leur équipe préférée.

Soudain, Lucie se sentit ragaillardie. Jeremy n'avait pas menti ! Il était bien à un match de foot.

— Il a de la chance, reprit Paul. Son grand-père aime le foot, mais il le laisse quand même faire de la danse. Pas comme mon beau-père !

— C'est normal que le grand-père de Jeremy comprenne sa passion pour la danse. Il est artiste, lui aussi. Il est musicien de jazz, dit Emma.

— Ah bon ? De quel instrument joue-t-il ?

— De la clarinette, précisa Lucie. Et Orianne, sa grand-mère, est chanteuse.

— Orianne ? s'écria Paul. Sa grand-mère, c'est Orianne Sinclair ? La star ?

Lucie hocha la tête en signe d'approbation, car elle avait la bouche pleine.

Paul ouvrait de grands yeux.

— C'est dingue ! Mon beau-père l'adore. Il a tous ses disques. Il a même un poster d'elle !

Il soupira :

— Je comprends. Personne ne va reprocher à Jeremy de faire de la danse dans sa famille !

La mère de Lucie les interrompit alors :

— Dis-moi, Paul, tes parents vont venir au concours de fin d'année ?

— Ma mère, c'est sûr, mais mon beau-père préférerait mourir plutôt que de mettre les pieds à un spectacle de danse !

— Même s'il savait qu'Orianne Sinclair est dans la salle ?

— Elle sera là ?

— En principe, oui. Nous pourrions la lui présenter, proposa la mère de Lucie. Ça serait bien qu'il discute avec elle. Il changerait peut-être d'avis.

Paul réfléchit un moment, puis un sourire éclaira son visage.

— Ce serait génial ! Vous pensez que

ça pourrait le convaincre que les garçons aussi peuvent faire de la danse ?

— Ça vaut le coup d'essayer, affirma Jenny.

Paul lui aurait sauté au cou s'il avait osé. Mais il était bien trop timide, alors il se contenta de dire « Oh, merci, madame Lambert ! », en devenant plus rouge que jamais.

9

Le concours de fin d'année

Dès le lendemain, Lucie mit son plan à exécution. Elle allait se réconcilier avec Jeremy coûte que coûte. Mais elle ne pensait pas que ce serait si difficile.

D'abord, à l'école, Jeremy resta toute la journée avec les garçons et elle ne put pas l'approcher une seconde. Après les cours, il démarra en trombe sur son vélo et la dépassa sans un regard.

Et quand ils se retrouvèrent chez Mme Dillon, il ne s'adressa qu'à Emma, comme si Lucie n'était pas là. Toutes les petites phrases que la fillette avait préparées restèrent coincées dans sa gorge. Elle ne pouvait pas lui demander pardon devant les autres, c'était trop dur ! De toute manière, il fila immédiatement à la fin du cours.

— Êtes-vous toujours fâchés ? demanda la vieille dame.

— Je n'ai pas envie d'en parler, marmonna Lucie.

À l'école de danse, Jeremy discutait toujours avec Angela, comme s'ils voulaient tous les deux lui faire payer son amitié avec Paul. Ce qu'ils ne savaient pas, c'est que… le garçon n'était pas

son amoureux. En fait, Paul s'entendait très bien avec Emma, mais personne n'était au courant. Pas comme Lucie qui s'était tant vantée et qui maintenant le regrettait amèrement !

De toute façon, Paul et Emma se voyaient peu. Premièrement, ils n'étaient pas dans la même école ; deuxièmement, ils n'avaient pas cours de danse le même jour ; et troisièmement, Mme Dillon lui donnait des cours particuliers. Elle avait en effet accepté d'entraîner le garçon pour ses auditions.

Un soir, cependant, Paul avait téléphoné à Emma. À peine avait-elle raccroché que, tout excitée, elle descendit prévenir Lucie.

— Et qu'est-ce qu'il voulait ?

— Rien de spécial, expliqua Emma.

— Mais qu'est-ce qu'il t'a dit ?

— Oh, on a parlé de Mme Dillon. Je lui ai raconté que c'était une ancienne danseuse de la troupe du Bolchoï… et tout ça.

— Et quoi d'autre ?

— On a discuté de son audition de la semaine prochaine, de son beau-père et…

Emma s'interrompit, soudain inquiète.

— … tu ne raconteras pas à Mélanie et à Tracy qu'il m'a appelée, hein ? Tu ne le répéteras même pas à Jeremy ? Ni à personne d'autre à l'école ?

— Je ne dirai pas un mot, même sous la torture ! promit Lucie sur un ton théâtral.

La semaine suivante, ils se trouvèrent tous réunis au cours Maple. Le jour du concours de fin d'année était enfin arrivé.

Lucie était toujours aussi déterminée : cette année, elle allait remporter la coupe !

« Le problème, songeait-elle en prenant place sur scène, c'est que si je bats Jeremy, les choses risquent de ne pas s'arranger entre nous… »

Lucie savait que, de toute façon, une fois devant le public, elle donnerait le meilleur d'elle-même. « On verra bien », décida-t-elle.

Comme d'habitude, dès que les premières notes de musique retentirent,

Lucie oublia tout pour se concentrer sur la danse. Ses mouvements s'enchaînaient avec fluidité, comme si ses bras et ses jambes savaient exactement ce qu'ils avaient à faire.

Elle aurait aimé que cela dure encore et encore… Hélas, la musique s'arrêta. C'était déjà fini. Les élèves du cours de Lucie saluèrent et repartirent d'un pas léger dans les coulisses, tandis que la classe de Paul entrait sur scène par l'autre côté.

Lucie et Emma restèrent près du rideau pour le regarder.

— Il est vraiment doué ! souffla Lucie, impressionnée.

Emma hocha la tête.

— Je suis sûre qu'il sera admis à l'école du Royal Ballet comme pension-

naire, affirma Lucie. Ils ne peuvent pas le refuser…

— Oui, mais il m'a dit que ce n'était pas juste une question de technique. Ils jugent aussi ton physique, la longueur de tes jambes, de tes bras, et tout et tout…

— Bon, alors il n'a aucun souci à se faire ! Ce n'est quand même pas le Bossu de Notre-Dame ! répliqua Lucie en souriant.

Emma fut prise d'un fou rire.

— Chut ! souffla une voix dans leur dos.

C'était Jeremy.

« Oh non, se dit Lucie, s'il nous a entendues, il va encore croire que je m'intéresse à Paul. »

Elle décida de faire comme si elle ne l'avait pas remarqué.

— Alors, quand Paul aura-t-il sa réponse pour l'audition ? demanda-t-elle à Emma.

Peut-être que si Jeremy voyait que c'était Emma qui en savait le plus, il comprendrait que c'était elle, la confidente de Paul, et pas Lucie !

— Oh, dans deux ou trois jours, répondit Emma. Il ne pense qu'à ça !

Elles se turent, puis, lorsque Lucie vit que Jeremy s'était éloigné, elle reprit :

— Viens, Emma. Retournons dans les vestiaires.

Son amie la suivit en soupirant.

Quand toutes les classes furent passées, il fallut attendre que les juges délibèrent. Pendant ce temps, les parents

buvaient un verre en grignotant des petits fours. Les enfants, eux, devaient rester dans les vestiaires.

Pourtant, Emma et Lucie ne purent s'empêcher de glisser un œil par l'entrebâillement de la porte. Jenny Lambert les repéra aussitôt.

— On voulait juste voir le beau-père de Paul, expliqua Lucie.

Jenny sourit.

— Il est entre de bonnes mains, leur assura-t-elle.

Lucie et Emma aperçurent alors un grand bonhomme avec une jolie blonde à ses côtés. Il était en grande discussion avec Orianne Sinclair !

— Génial ! s'écria Lucie.

— Oh, oui ! c'est parfait ! renchérit Emma.

Elles refermèrent la porte et s'empressèrent d'aller raconter à Paul ce qu'elles avaient vu.

Un quart d'heure plus tard, tous les élèves s'entassèrent sur la scène : on allait annoncer les résultats ! Comme Mlle Maple commençait par les plus jeunes, Lucie et Emma durent attendre. Elles étaient en troisième année maintenant !

Lucie sentit son cœur s'emballer lorsque le moment tant attendu arriva.

— Pour les troisièmes années, le premier prix est attribué à Lucie Lambert.

Lucie eut envie de sauter en l'air en criant : « HOURRA !!! » Mais elle se retint et marcha d'un pas mesuré jusqu'au

centre de la scène, puis elle fit la révérence, avant de recevoir sa récompense des mains de Mlle Maple.

— Bravo, Lucie.

Rouge d'émotion, Lucie retourna à sa place avec la coupe dans les bras… sans oser regarder dans la direction de Jeremy.

10

Une fête pleine de surprises

Pour finir cette belle journée, Orianne Sinclair avait organisé une petite fête. Elle espérait aussi convaincre le beau-père de Paul que ce n'était pas une honte pour un garçon de faire de la danse classique.

Tout le monde était invité : les Lambert, les Browne, Mme Dillon, Mlle Maple, Mme Dennison, Mlle Ashton, le

grand-père d'Angela, sa mère, et Angela aussi, bien sûr. « Dommage, on se serait bien passés d'elle », avait pensé Lucie.

Les Sinclair avaient également invité des amis qui travaillaient dans le milieu de la musique et du spectacle. Il allait y avoir un chorégraphe, un producteur de comédies musicales, un danseur et sa femme. Ils avaient pour mission de parler aux parents de Paul de la magnifique carrière que pouvait faire un danseur, s'il était doué.

— Le beau-père de Paul n'est pas si terrible, assura Jenny à sa fille en entrant chez les Sinclair. Il ne connaît rien à la danse, c'est tout. Nous allons arranger ça.

— Orianne se donne beaucoup de mal pour Paul.

— C'est vrai. Elle sait que, même pour Jeremy, ce n'est pas toujours facile. Alors elle tient à aider les garçons qui veulent devenir danseurs.

Lucie hocha la tête. Sa gorge se serrait dès qu'on lui parlait de Jeremy.

— Vous êtes toujours fâchés ? s'étonna sa mère.

Elle soupira :

— Oui ! Et impossible de lui demander pardon : il m'ignore complètement.

— D'après Orianne, il n'est pas très en forme en ce moment. Tu sais, son équipe préférée a perdu.

— En finale ?

— Non, en demi-finale. Jeremy et son grand-père sont très déçus.

— Ah, c'est bête, fit Lucie.

— Une vraie catastrophe, tu veux dire !

Et elles éclatèrent de rire en chœur.

Lucie se demandait si Jeremy avait raconté à sa grand-mère qu'ils s'étaient disputés. Peut-être trouvait-il que ce n'était pas important… comparé au foot ?

Tout le monde était déjà chez Orianne, lorsque les parents de Paul arrivèrent.

— Oh, ils sont venus avec le petit Bruce ! s'exclama Lucie.

— Paul dit que c'est un vrai monstre, lui souffla Emma.

Lucie se mit à rire.

— Comme Charlie ! Je crois que c'est normal à cet âge-là.

Justement, lorsque Charlie aperçut Bruce, il se jeta sur lui. « Ouh là là ! s'ils se battent, la soirée va mal commencer », s'inquiéta Lucie. Mais en réalité, les deux petits allaient à la même crèche. Ils étaient les meilleurs amis du monde. Orianne les installa sur un gros tas de coussins dans un coin. Ils jouèrent jusqu'à l'épuisement… puis s'endormirent.

Cela faisait bientôt une heure que Lucie était à cette soirée. La fête battait son plein. Tout se passait bien. La mère et le beau-père de Paul avaient l'air de s'amuser. Ils discutaient avec d'autres invités. Jenny, elle, bavardait avec Mme Browne… et un homme qu'elle ne connaissait pas !

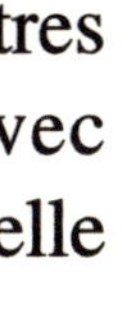

« Qui est-ce ? », se demanda Lucie. Elle avait pourtant l'impression de l'avoir déjà vu quelque part, mais où ?

« Peut-être qu'Emma le sait ? » Elle partit à la recherche de son amie, qu'elle trouva en pleine conversation avec Paul. Alors elle repartit. Lucie se sentait un peu exclue de la fête. Elle n'allait tout de même pas discuter avec Angela ! Soudain, une voix retentit dans son dos :

— Félicitations ! Tu dois être super-contente d'avoir gagné le concours de danse.

C'était Jeremy !

— Oui, répondit Lucie sans se retourner. Mais il y a quelque chose qui me ferait encore plus plaisir.

— Ah bon ? Quoi ? s'étonna Jeremy.

Lucie hésita un moment puis ajouta :

— Retrouver un ami.

Il y eut un long silence puis Jeremy demanda :

— Paul ne te parle plus, c'est ça ?

— Non, je ne pensais pas à Paul.

— À qui, alors ?

— À toi, espèce d'idiot ! s'exclama Lucie en se retournant d'un coup.

— Moi ? Je ne te parle plus ? Qu'est-ce que je suis en train de faire, là, alors ?

— Mais... si, maintenant, tu me parles... protesta la fillette. Mais...

Jeremy lui adressa un clin d'œil. « Je suis trop bête ! se reprocha Lucie. Jeremy me taquine. »

Les deux amis enfin réconciliés échangèrent un regard complice.

— Dis donc, Emma a l'air de drôlement bien s'entendre avec Paul, enchaîna Jeremy.

— Chut ! Elle ne veut pas que ça se sache, confirma Lucie en souriant. Alors si tu l'embêtes avec ça, je... je...

— Tu ne me parleras plus ?

— Non, quand même pas. Si tu l'embêtes avec ça, je t'étrangle !

Il fit semblant d'être terrorisé.

— Promis, craché, juré, je me tairai.

Orianne demanda alors le silence.

— Excusez-moi de vous interrompre, mais j'ai deux bonnes nouvelles à partager avec vous. Tout d'abord, pour Lucie, Angela et Jeremy. Mlle Maple m'a chargée de vous annoncer que vous allez passer des auditions pour suivre des cours supplémentaires à l'école du Royal Ballet.

Tout le monde les applaudit chaleureusement. Lucie et Jeremy se regardèrent en souriant.

Orianne reprit la parole :

— L'autre nouvelle – que certains d'entre vous connaissent déjà – concerne Ralph et Jane, et surtout leur fils, Paul, qui a appris aujourd'hui qu'il allait intégrer l'école du Royal Ballet comme pensionnaire l'an prochain !

Les applaudissements redoublèrent. Orianne tira Paul du coin où il se cachait et le poussa au centre de la pièce. Il était tout gêné. Et il devint carrément rouge comme une tomate quand sa mère le serra dans ses bras et que son beau-père

lui donna une poignée de main ! Mais on voyait bien qu'il était heureux.

Emma rejoignit Lucie et Jeremy.

— Ah ! enfin ! vous avez arrêté de faire les idiots, tous les deux !

— Oui, répondit Lucie, et tu sais quoi ? Demain matin, on va aller boire un Coca *Chez Sammy*, tous les quatre !

Emma la regarda, horrifiée.

— Tu plaisantes, j'espère... Dès qu'on met les pieds là-bas, on a des soucis !

Tu as aimé

Lucie a des soucis

alors retrouve vite les héros de

Ballerine

avec cet extrait de :

Comme dans un rêve

(à paraître en avril 2003)

[…]

— D'accord… à samedi prochain, alors !

Lucie raccrocha et se tourna vers son amie Emma :

— C'était Flora, elle nous invite à aller voir *West Side Story* puis à passer la nuit chez elle le week-end prochain. On fera même un barbecue dans son jardin !

— Oh, c'est chouette ! Et Jeremy ? Elle l'a invité aussi ?

— Bien sûr ! Elle appelait de son portable… la chance ! s'exclama Lucie. J'aimerais bien en avoir un…

— Moi aussi, mais mes parents ne veulent pas, soupira Emma. Ils disent que ça ne me servirait à rien.

Lucie hocha la tête.

— Flora Rose en a vraiment besoin, elle. Avec ses rendez-vous pour les séances-photos, les spectacles, et tout et tout, il faut qu'elle soit joignable en permanence.

Les deux amies avaient rencontré Flora Rose (qui s'appelait en réalité Floriane Greene) à un stage de danse l'été précédent [1]. Elle menait déjà une vie de star, bien différente de la leur.

Lucie Lambert et Emma Browne vivaient dans la même maison, à Londres. Emma occupait le premier étage avec ses parents et son grand frère, qui était en internat dans un collège. Quant

1. Voir Ballerine t. 6, *Une amie de plus*.

à Lucie, elle habitait au rez-de-chaussée avec sa mère, Jenny, et son petit frère, Charlie. Même si elles adoraient toutes les deux la danse (Lucie rêvait de devenir danseuse étoile !), elles ne suivaient qu'un cours par semaine à l'école de danse de Mlle Maple.

Flora, elle, passait son temps à danser : danse classique, modern jazz, claquettes... En plus, elle prenait des cours de piano et de chant. Résultat : elle donnait déjà des spectacles et avait remporté plusieurs prix. Et quand elle en avait le temps, elle posait même pour des magazines, en tant que mannequin !

— Je me demande comment elle y arrive ! soupira Emma. Moi, à sa place, je serais épuisée !

— Je crois que Jeremy a raison : Flora est une vraie pile électrique ! affirma Lucie.

Jamais elle ne l'aurait avoué, mais elle enviait un peu Flora. Surtout, elle avait peur qu'elle ne lui vole Jeremy. Il était l'unique garçon du cours de danse et son deuxième meilleur ami après Emma. Lucie espérait une seule chose : que Jeremy devienne plus tard son partenaire de ballet. Le problème, c'était qu'il admirait beaucoup Flora et que, comme elle, il voulait jouer dans des comédies musicales. Il y avait de quoi être un peu jalouse, non ?

— Flora aurait sûrement accepté que tu invites ton ami. Tu sais… Paul, dit Lucie d'un ton taquin.

Emma rosit légèrement.

— Ce n'est pas mon ami ! protesta-t-elle. C'est juste un copain… comme Jeremy.

Lucie prit l'air étonnée.

— Ah bon ?

— Arrête de m'embêter, Lucie !

Les fillettes connaissaient Paul Purvis depuis peu. Il avait deux ans de plus qu'elles, mais il fréquentait la même école de danse. C'était un excellent danseur qui venait d'être accepté à l'École du Royal Ballet.

— Je suis sûre que Flora aimerait faire sa connaissance… et que Paul adorerait voir *West Side Story*, insista Lucie.

— Non, protesta Emma, je crois que les comédies musicales, ce n'est pas trop son truc. Et puis… si j'en parle à Flora, elle l'invitera juste pour voir comment il est, elle se moquera de moi et… et ça gâchera tout le week-end.

Lucie soupira. Emma était vraiment trop timide !

— C'est bon, c'est bon, ne t'énerve pas. Je ne lui en parlerai pas. Promis.

Elle n'avait pas du tout envie de saboter ce fabuleux week-end…

[...]

Le grand jour était enfin arrivé. Les enfants étaient réunis chez les Browne et guettaient la voiture de Flora par la fenêtre.

Ils avaient tous dû se préparer en vitesse parce que la mère de Flora avait téléphoné tôt le matin pour leur annoncer que, finalement, elle passerait les chercher à dix heures et non après le déjeuner, comme prévu.

Ils ne remarquèrent pas tout de suite le gros quatre-quatre qui se garait juste devant la maison. Une drôle de petite tête apparut à la fenêtre arrière : on aurait dit un clown avec des cheveux bleus tout frisés ! Mais... c'était Flora Rose !

Ils la fixèrent, bouche bée.

— Waouh, siffla Jeremy. Qu'est-ce qu'elle a fait à ses cheveux ?

Ils n'eurent pas le temps de se poser plus de questions car leur amie se précipitait déjà à leur rencontre.

— Alors ? Comment vous me trouvez ? demanda-t-elle. C'est top, non ?

Et elle éclata de rire.

— In-cro-yable ! s'exclama Lucie.

— Oui, c'est... euh... très original, souffla Emma. Tu as été à l'école comme ça hier ?

— Nooooon ! C'est juste pour la séance-photos.

— Tes cheveux sont bleus, maintenant. Comment tu vas faire ? insista Emma.

— T'inquiète, la couleur part au premier shampooing. En attendant, c'est chouette, non ?

Ils hochèrent tous la tête.

Lucie allait demander à Flora de quelle séance-photos elle parlait lorsque Mme Greene les rejoignit. Perchée sur des talons monstrueusement hauts, elle boitilla jusqu'à eux pour les embrasser. Elle salua aussi les mères de Lucie et d'Emma qui étaient venues leur dire au revoir.

— Excusez-nous pour le changement de programme, commença-t-elle. On a une séance-photos à onze heures. Les enfants viendront avec nous au studio et on filera ensuite au théâtre. Comme ça, on ne perd pas de temps. Mais il faut qu'on se dépêche car il y a des embouteillages terrriiibles !

Les filles et Jeremy prirent leurs sacs, dirent au revoir et s'installèrent à l'arrière du quatre-quatre, qui démarra en trombe.

— Désolée de vous imposer la séance-photos, s'excusa Flora. J'espère que vous n'allez pas trop vous ennuyer.

— Oh, non ! s'exclama Jeremy. Je n'ai jamais assisté à ce genre de trucs. Ça doit être super !

— Eh bien, c'est peut-être amusant la première fois, mais, à force, ça devient carrément pénible.

Au bout de quarante-cinq minutes de trajet, ils arrivèrent enfin devant un grand bâtiment qui ressemblait à un entrepôt, au bord de la Tamise.

Au beau milieu du bâtiment, il y avait une toute petite porte rouge. Mme Greene sonna à l'interphone et annonça :

— C'est Jackie et Flora Rose…

Avec un grésillement, la porte du studio s'ouvrit…

Dans la même collection

Ballerine

1. Premières leçons
2. Lucie, petit rat
3. Une ennemie pour Lucie
4. Faux pas
5. Une nouvelle épreuve
6. Une amie de plus
7. Courage, Emma !
8. Haut les cœurs !
9. Lucie a des soucis
10. Comme dans un rêve
(à paraître en avril 2003)

Composition : Francisco *Compo*
61290 Longny-au-Perche

Impression réalisée sur Presse Offset par

BRODARD & TAUPIN

GROUPE CPI

La Flèche (Sarthe), le 31-12-2002
N° d'impression : 16079

Dépôt légal : janvier 2003

Imprimé en France

POCKET jeunesse

12, avenue d'Italie • 75627 PARIS Cedex 13

Tél. : 01.44.16.05.00